HIGHLINE

Une collection créée par **Jeanne Benameur** et **Claire David**

Des textes d'un seul souffle.
Des textes à dire, à partager
avec soi et le monde.

HIGHLINE

CHARLOTTE ERLIH

d'une seule voix Actes Sud Junior

"J'ai tendu des cordes de clocher à clocher ;
des guirlandes de fenêtre à fenêtre ;
des chaînes d'or d'étoile à étoile,
et je danse."

ARTHUR RIMBAUD

Une pichenette du pouce, et la pièce
s'envolera. Cinquante centimes
– pièce lourde, large, pleine lune rousse.
Cinquante centimes – une demi-baguette,
un demi-café au rade d'en bas.
Le prix de mon destin.
Une simple pichenette du pouce et,
pendant quelques secondes, la pièce fera
virevolter mon sort. Nos sorts.
Qui désignera-t-elle ? Lui ou moi,
moi ou lui ?
Mouss détourne son regard.
Visage fébrile, anxieux, impatient.
Incrédule, peut-être aussi,
que nous y soyons arrivés,
à tout mettre en place cette nuit,

à tout accrocher en quelques heures
sans nous faire repérer.
La chance sourit aux fous.

Maintenant, le jour se lève. La nef est
appareillée. L'heure est venue.
Mouss fait rouler la pièce
entre son pouce et son index, lentement,
imperceptiblement. Je la sens comme
si je la tenais entre mes propres doigts :
son fin crénelage, les dessins de sa surface,
la froidure du métal, son poids infime
– immense.
Mouss tend le bras vers moi, m'enjoint
silencieusement de la prendre à sa place,
de le délivrer de sa responsabilité.
J'émets une oscillation minuscule
de la tête, à peine un frémissement
de la bouche : pas la force de bouger plus.
Mouss comprend.

– Face, c'est moi qui y vais, murmure-t-il.
Il place la pièce en équilibre sur son pouce.
Un geste, et elle s'envolera dans l'aube bleutée. Un geste, et elle tournoiera dans l'espace, capricieuse et libre.
Toute-puissante.
Ma gorge se noue, s'assèche.
Atroce attente.
Je n'en reviens pas. Aurais-je peur ?
Mon sang pulse de plus en plus vite.
De plus en plus fort.
Je l'entends bouillonner dans le petit matin frais.
Oui, certainement, je dois avoir peur.
J'ai peur.
Je n'aurais jamais cru. Pas à ce moment-là.
C'est idiot, ridicule, j'ai honte.
Mes mains deviennent moites. Cette peur prématurée me fait peur. Peur ennemie, dangereuse. Peur qui tétanise.

Peur de quoi, d'abord ?
De pile ou de face ? D'être désigné ou de ne pas l'être ? D'y aller moi-même ou de devoir regarder Mouss s'élancer en restant à piaffer, albatros banni du ciel, sur l'âpre béton du balcon ?

Ça y est.
Le pouce de Mouss dérape contre son index, son doigt se dresse vers le haut, la pièce s'envole, je ne respire plus. Miroitement du soleil levant sur le métal doré. *Alea jacta est.*
La pièce évolue au ralenti, comme dans un film où les amants séparés depuis trop longtemps courent l'un vers l'autre, cheveux au vent, sourires ultra bright, écharpes flottantes. Ce que l'on peut avoir comme images crétines à la surface du cerveau...

La pièce continue de tournoyer. Hâte et crainte du réel.
À chaque demi-tour, à chaque centième de seconde, le sort bégaie. Pile, face, j'y vais, j'y vais pas, pile, face…

Mouss rattrape les cinquante centimes dans le creux de sa paume et les plaque sur son autre main.
Notre sort est scellé.
Nous nous regardons.
Le temps s'étire.
Nos cœurs jumeaux tambourinent au fond de nos pupilles. La peur cède la place à l'excitation. Je me mords les lèvres : douleur fantôme, même pas mal.
Pas le moment d'avoir mal.
La main de Mouss se relève doucement, découvrant la pièce.
Pile ou face ?

Nos yeux pétrifiés ne se quittent pas.
Nous restons accrochés l'un à l'autre, amarrés à notre ignorance. Unis tant que durera l'indétermination. Égaux tant que durera l'indécision.
Mouss approche sa main de mon visage, me tend le verdict. C'est lui qui a lancé, c'est moi qui dois regarder. Ainsi soit-il.
Lentement, je baisse les yeux vers la pièce.

12

Pendant quelques instants, je ne ressens plus rien. Absent à moi-même. Bien le bonjour chez vous.
La peur fuit avec l'incertitude. L'angoisse déserte face au soulagement de savoir, de connaître mon sort. L'imagination est toujours pire que la réalité – plus cruelle, plus terrifiante, plus complexe.
Mouss scrute mon visage pour y déchiffrer la sentence. Je lui souris, serein et vide.

Il comprend. Se décompose.
La pièce est tombée sur pile.
Elle m'a désigné.
Au fond du regard de mon ami : relâchement et déception, bonheur et frustration, jalousie et terreur.

Ne plus le regarder, ne plus faire attention à lui, me concentrer. La séparation est en route. Le compte à rebours est engagé.
Plus rien ne doit compter que moi, mon corps, mon souffle, ma sphère. Je, je, et encore je.
Dans quelques instants, je m'élancerai.
Dans quelques instants, je serai ailleurs, dans une autre dimension.
Je dois respirer lentement, profondément, gonfler la poche tout en bas de mon ventre.
Dans quelques instants, je serai libre. Je serai vivant. Vivant et si proche de la mort…

Abaisser le diaphragme, masser l'abdomen, l'estomac, les intestins.
Une douce chaleur m'envahit. Malgré l'humidité pinçante du petit jour, je me débarrasse de mon sweat. Je ne pourrai pas l'emporter là-haut.
Là-haut, de toute façon, je n'en aurai plus besoin. L'adrénaline me réchauffera.
Je voudrais déjà y être, en plein ciel, au milieu de nulle part.

Je fais rouler mes articulations précautionneusement. Amoureusement.
Cou, épaules, poignets, bassin, genoux, chevilles, je vais avoir besoin de vous.
Bientôt, je me reposerai entièrement sur vous.
J'étire mes jambes – mollets, cuisses, abducteurs, adducteurs. Je masse

mes bras. Essentiels, les bras. Erreur de débutant, de les négliger en ne pensant qu'aux jambes. Ce sont eux qui nous maintiennent debout !
Mouss apparaît dans un recoin de mon champ de vision. Statue de marbre. Livide. Désemparé.
Ne le regarde pas. Efface-le de tes pensées le temps de la traversée.
Je ferme les paupières et applique mes paumes sur mes yeux.
Là-haut, les tensions n'auront pas droit de cité. Là-haut, je serai…
STOP ! Inspire, expire, point barre. Ne t'égare pas vers ce qui n'existe pas encore.
Tu te tiens dans un pan bien délimité du ciel irisé, au sommet de cet "orgue de Flandre", tout en haut de la tour Prélude, et pour l'instant, c'est tout.

Je me secoue, sautille, agite les bras.
La sève monte, tourbillonne le long
de mon corps, envahit mes muscles,
électrise mes tissus.
Je dénoue les lacets de mes baskets, ôte
mes chaussures. La droite, puis la gauche.
Je dois tout me dire, tout me décrire.
Dédoubler paroles et gestes pour
ne pas songer à la suite.
Je retire mes chaussettes – la droite, puis
la gauche. Le béton glacé sous mes pieds
place mes nerfs en alerte maximale.
Ma bouche est rêche. J'ouvre mon sac
à dos, éprouve les légers soubresauts de la
fermeture éclair au bout de mes doigts,
attrape la bouteille d'eau, en prélève
une gorgée, m'en rince le palais échauffé
et recrache le liquide tiédi.
Ne rien avaler pour ne pas encombrer
ma vessie.

Je me redresse, m'étire une dernière fois
à m'en faire surgir les larmes.

Puis, avec ni plus ni moins
de pathos, ni plus ni moins de drame
que lorsque je choisis un paquet de pâtes
au supermarché, je pivote face à mon
destin.
– T'es pas obligé… balbutie Mouss
derrière moi. On peut encore…
Il ne termine pas sa phrase, en catapulte
la fin dans les limbes. Avorton de pensée
absurde, qui ne mérite pas de voir
le jour.
– À plus, dis-je sans me retourner.
Mouss sait parfaitement qu'il n'est
pas possible de renoncer. Qu'il est trop
tard. Que je suis obligé d'y aller, tout
comme il l'aurait été à ma place. Que nous
avons franchi le point de non-retour

il y a bien longtemps : cette après-midi d’octobre morne et vide où nous avons posé le pied sur un fil.

Je grimpe sur la rambarde du balcon et m'y tiens immobile. Je profite du confort de ces six solides centimètres au-dessus du vide pour permettre à mon cœur de retrouver une pulsation lente. C'est mon premier solo intégral : la première fois que je vais m'élancer sans protection à plusieurs dizaines de mètres au-dessus du sol.

Il y a quelques mois, cela m'aurait semblé impossible. De la pure folie. Il y a quelques mois, je tenais à peine debout sur une *slackline*. Je bégayais, balbutiais, me vautrais sans cesse.

Les jours ont filé, mon corps s'est acclimaté. Sans m'en rendre compte, j'ai progressé. Petit à petit, on décale ses limites, on réussit ce dont on ne se serait jamais cru capable, avec l'impression que ce n'est finalement pas si difficile. On se réveille un matin les tripes à vif, les muscles fébriles, l'organisme en manque, avec une envie féroce qui vous tenaille. Avec la rage qui vous propulse hors du lit et vous incite à tenter toujours plus, toujours plus long, toujours plus haut. On est devenu accro. Junkie. Et on comprend qu'il est trop tard pour revenir en arrière. Que l'on ne peut plus vivre sans. Pire, que l'on ne vit plus que pour ça.

Phare dressé au-dessus des toits de la capitale, je scanne l'horizon, essayant d'y trouver des repères. C'est cela le plus dur, quand on s'élance de si haut :

la disparition de tout référentiel.
Plus de point fixe autour de soi.
Plus de manière de se rendre compte
de combien on bouge
le corps ou la tête. Plus de notion
de verticalité ni d'horizontalité,
plus de moyen de percevoir l'angle
de nos jambes, de notre buste,
de nos bras…
L'angoisse enserre ma gorge. Ma salive

se bloque dans ma trachée.
*Ne panique pas, tu t'es entraîné toutes
ces dernières semaines à marcher les yeux
fermés. À te laisser guider par tes
sensations. À t'en remettre à ton équilibre
interne.*
La vue est majestueuse.
Bientôt, il sera trop tard pour l'admirer.
Je ne pourrai que fixer droit devant moi,
monomaniaque obstiné, le sommet

de la tour d'en face. Je n'aurai plus pour seul champ de mire que mon point d'arrivée.

Pour l'instant, chat indolent, je me prélasse sur le parapet du balcon. Derrière moi, je perçois la respiration haletante de Mouss et devine son corps inquiet, tendu, tapi dans l'ombre, frôlant les parois froides de la baie vitrée.

Suffit ! Qu'est-ce que je fous, bon sang ?
Ça y est, mon cœur s'emballe à nouveau…
Ça va passer, respire. Mais oublie Mouss ! Oublie son angoisse. Ce n'est pas lui qui va faire la traversée. Reste avec toi-même.
Voilà.
Regarde autour de toi.
Un sentiment de puissance et de plénitude m'envahit.

La Villette, le Sacré-Cœur, la tour Eiffel,
la tour Montparnasse s'agenouillent
à mes pieds, éléments minuscules
et bien ordonnés d'une maquette Lego
– une de celles qui m'ont toujours fait rêver.
Si je m'en sors, promis, je m'en offre une.

De là où je suis, il ne reste rien
de l'agitation de la ville, du fouillis
des vies qui y grouillent ni des ordures
qui souillent les rues.
Rien des passions des uns ni des désespoirs
des autres.
Rien des visages fatigués de ceux
qui partent suer une énième journée
dans des lieux qu'ils exècrent,
ni des visages encore plus las de ceux
dont personne n'attend la sueur
aujourd'hui, ni demain, ni aucun jour
à venir.

Rien non plus des corps abîmés de ceux qui viennent de passer une nouvelle nuit dehors.
De là où je suis, la souffrance et la saleté sont invisibles. La Terre doit être bien belle pour un dieu.

25

Je soulève mon pied droit du garde-fou et le plaque, bien centré, sur la sangle tendue devant moi, qui relie la tour Prélude – trente-huit étages, cent mètres de haut, cent vingt-trois avec l'antenne – et le sommet de la tour Fugue – trente-deux étages, cent huit mètres de haut.

Lance-toi ! Plus tu tardes, plus ce sera difficile.

– OK…

Fff…

Tu as raison. Expire, ça fait du bien. Encore une fois si tu veux.

Fff…

Voilà. Maintenant, GO *!*

Premier pas de Christophe Colomb
sur sa caravelle. Mon corps balance
entre l'ancien monde et le nouveau. À mi-chemin entre le connu et l'inconnu, la vie
et la m…
*Ouh là… Résiste à la décharge
d'adrénaline qui t'électrifie les muscles,
pompe ton sang et accélère ta respiration !
Lutte contre le tremblement qui s'empare
de toi. Anticipe la mollesse qui va suivre.
Inspire.*

Je pourrais encore faire machine arrière,
reposer mon pied droit sagement près
du gauche, et sauter sur le balcon
aux côtés de Mouss.
*Faire demi-tour ?! N'importe quoi !
Tu n'as plus le choix. Alors vas-y !
Tu attends le père Noël ?*
Je me mets en équilibre sur mon pied
droit. Bras en croix, les mains comme

des rames pour optimiser la prise au vent,
pas trop crispées pour éviter les tensions,
position sacrificielle – *manque plus que*
la couronne d'épines enfoncée bien profond
sur le crâne !
Je soulève le pied gauche, avance
la jambe et repose mon pied juste devant
le droit. À quelques centimètres à peine.
Six, probablement. Je ne peux pas
le vérifier, ne peux pas regarder en bas,
plus maintenant, mais je le sais, je le sens.
Six centimètres, oui.

Ça y est, c'est parti !
J'y suis, au-dessus du vide !
Jambes fléchies pour amortir les secousses
de la ligne, bras en balancier, souplesse !
Je viens d'embarquer pour
les cinq minutes les plus longues
de ma vie.

Normalement, je ne devrais pas mettre plus longtemps pour faire la traversée. Au dernier entraînement, j'étais à trois minutes vingt. Aujourd'hui, vu la hauteur, j'irai au pire deux fois moins vite – soit six, allez sept minutes max.
La notion de durée ne veut plus rien dire. Le temps s'est gelé. N'oublie pas de respirer.
Pied droit… Pied gauche… Pied droit…
Étant donné les six centimètres de distance entre mes pas, plus les vingt-huit centimètres et demi de chacun de mes pieds (un bon 44, le pied gauche un peu plus fort que le droit, mais plus en largeur qu'en longueur), combien faut-il de pas pour parcourir les cinquante mètres qui me séparent du sommet de la Fugue ?
Tu ne voudrais pas non plus résoudre un bon problème de baignoire qui fuit ?!

Un pas… Et encore un…
Ne te précipite pas. Déroule tranquillement le pied – talon, voûte plantaire, orteils. Reste calme. C'est sur la durée que tu dois tenir.
Combien de pas faut-il alors pour franchir ces cinquante foutus bordel de mètres sur lesquels j'ai eu la connerie de m'embarquer ?
Tortue, pas lièvre.
Tenir sur cinquante mètres.
28,5 + 6 = 34,5 centimètres. Soit 0,345 mètre. Si j'arrondis à… À combien arrondir, d'ailleurs ? 0,34 ou 0,35 ?
Je parie que Mouss choisirait 0,35. C'est tout lui, ça, de se mentir un peu, juste un peu. Enfin de déformer un brin, c'est plutôt ça, repasser un léger coup de pinceau sur la réalité, histoire de se redonner du courage.

Flash.
Je réalise brutalement où je me trouve.
Bizarre. Comme si, jusque-là,
je ne m'en rendais pas vraiment compte.
C'est fou ! Je suis là, tout de suite
maintenant, en équilibre sur une sangle
de vingt-cinq millimètres de large, à cent
mètres au-dessus du vide, retenu par rien !
Zéro, *nada*, nib de nib.
Libre ! Entièrement et résolument libre !
Le jour et la nuit par rapport aux
sensations que j'ai avec un baudrier
qui m'entrave et un *leash* qui me retient
à la ligne...
Tout est décuplé. Intensité extrême.
Plus de limite. Mon corps et le vide.
L'air et le ciel. Du tout pur.
Un shoot d'absolu en barre.
Je ne me suis jamais senti
aussi puissant !

Envie de hurler de bonheur, d'angoisse,
de haine, d'immensité et de rage.
Les décibels grondent dans mon larynx,
s'amplifient, m'assourdissent…
Je vacille, bascule, mes bras moulinent,
je perds pied…
Oh le con !
– NOOON !!!

Je me redresse et retrouve progressivement
mon centre de gravité. Je suis encore
vivant. “Jusqu’ici, tout va bien…”
Cette gueule d’énergie brute et
de puissance enragée de Vincent Cassel
quand il se regarde dans le miroir
de sa salle de bains !
“C’est à moi que tu parles, mec ?
C’est à moi que tu parles ?!” Brosse
à dents dans la bouche, crachat dans
le lavabo, corps sur ressort, regorgeant
de dégoût, faux flingue mimé au bout
des doigts…
*STOP ! Tu crois vraiment que c’est
le moment de jouer les critiques
de cinéma ?!*

Je flageole. M'accroupis sur le fil, jambe gauche repliée sous moi, la droite allongée dans le vide. Position confortable, sûre, assez équilibrée pour pouvoir baisser les bras. Je secoue les mains, évacue les tensions du haut du corps, fais quelques mouvements de tête en fermant les yeux. Fff... J'ai vraiment flippé. Sérieux, j'ai cru que j'allais tomber.
Arrête d'y penser.
Inspire profondément. Visualise le trajet de l'air en toi. Narines, trachée, poumons, bronches et bronchioles, et retour, idem *en sens inverse. Encore une fois : nez, trachée, poumons, bronches et bronchioles, et retour.*

La vague qui menaçait de m'assourdir reflue. Lentement, mon cri s'évanouit, aspiré par le néant.

La peur, en revanche, ne se dissipe pas.
Elle s'englue, solidement amarrée
dans les replis de mes viscères, les alvéoles
de mes organes, les pores de ma peau.
C'est peut-être une chance, ces papillons
dans l'estomac, le cœur qui pompe, incisif,
le sang qui pulse dru. C'est peut-être parce
que tout à l'heure j'avais oublié la peur
que j'ai frôlé la catastrophe.
Quand on perd la peur, on perd le danger,
et alors on risque l'accident.
C'est la peur qui maintient vivant.
Longue expiration, bouche en rond.
Le sifflement de mon souffle me tient
compagnie.

Mouss aussi va pouvoir respirer – lui
dont le regard inflexible planté
dans ma nuque m'aide
à me maintenir droit.

Rassure-toi, mon pote, je ne vais pas tomber. Pas tout de suite en tout cas. Pas question que je t'abandonne et que tu portes le poids de ma mort. Je ne vais pas laisser le remords visqueux te dévorer.

Redresse-toi sur la jambe gauche. Doucement. Pose la droite juste devant, replace les bras en croix et les mains en palettes d'aviron.

Le tremblement de mes jambes a cessé. Roseau qui plie mais ne rompt pas. La tension de la sangle est parfaite. Ressort raisonnable, élasticité habituelle. Rien à signaler.

Le vent gonfle les voiles de la *Pinta*. Je m'apprête à lever l'ancre à nouveau et à reprendre la navigation vers mon Amérique.

Pied droit… Pied gauche… Pied droit…
Et un nouveau mètre de franchi. Combien, au total, depuis le départ ? Sept ? Huit ? Dix ?

Ne te pose pas cette question. Tu peux compter les pas à partir de maintenant, un par un, mais interdiction de penser aux précédents. C'est pourtant élémentaire. "EN ARRIÈRE, TU NE REGARDERAS POINT, EN AVANT, TU NE TE PROJETTERAS POINT." Les deux commandements du funambule.

Voilà le plus dur. Le plus difficile, ce n'est pas de faire le mariole sur une *slackline* de deux centimètres et demi de large, sans filet, à cent mètres au-dessus du plancher des vaches. Ça, c'est un jeu d'enfants à côté de la difficulté à rester cloué dans le présent. À fixer son mental résolument, et uniquement, dans le présent.

Les gens croient qu'évoluer sur un fil requiert une agilité physique ou une force surhumaines, quasi magiques – en tout cas hors de portée du commun des mortels. La blague ! Parce que ça demande un effort particulier à qui que ce soit de parcourir cinquante mètres en mettant un pied devant l'autre, ou de marcher sur une ligne blanche tracée au sol ? Tout est dans la tête. Dans la préparation psychique. Comme pour les autres sportifs. Tout repose sur la capacité à résister aux sirènes du passé et aux mirages du futur. À ne pas même repenser à ce qui s'est déroulé il y a quelques instants, quand ce terrible cri est monté en moi, risquant de m'étouffer et de me faire chuter.
Funambule Orphée, condamné à sombrer s'il se retourne.

Pose du pied droit, bascule du poids
du corps en avant, avancée de la jambe
gauche, pose du pied gauche…
*Tes bras ! Fermes, oui. Gainés, précis, oui.
Tendus, non.
Serre le périnée. Vérification des dorsaux.
Remontée vers les omoplates.
Détends tes épaules, la droite est
contractée et légèrement plus haute
que la gauche.*

C'est bon. Cette fois j'y suis.
Ou plutôt, je n'y suis plus.
Je ne suis plus nulle part. Ni sur le sol
ni dans l'espace.
Je suis partout. Sur un bout de corde
et en plein ciel. Je vole, et suis fermement
ancré sur mon fil, ferré comme jamais.
Mutant. Mi-homme, mi-oiseau.
Icare sans les ailes.

Pied droit, pied gauche, pied droit…
Trois pas, trois fois trente-quatre
centimètres, soit un mètre de parcouru.
Trois pas pour un mètre, cinquante mètres
à couvrir, cent cinquante pas
à accomplir.
Cent cinquante pas, ce n'est rien. Même
pas ce que je fais pour acheter du pain
ou descendre dans le métro.
Cent cinquante pas, le bout du monde.
Je n'y arriverai jamais…
Désolé désolé désolé, je retire ce que
je viens de dire. Je sais : si je doute,
je tombe, et si je ne doute pas assez,
je risque aussi de tomber.
Je dois me tenir exactement là,
sur la maigre crête qui délimite le trop
et le pas assez de confiance en soi.
Sur le fil du rasoir.

Je me sens bien. Très bien, même. J'avance sans heurts. Je suis détendu, mes muscles sont huilés, chauds, ma démarche, fluide. Je ne pense pas aux cent mètres de vide intersidéral qui s'étendent sous mes pieds. Je ne pense pas à l'infini du cosmos au-dessus de ma tête qui nous enveloppe et nous écrase. Je ne pense pas au fait que les hommes ne sont que d'insignifiantes fourmis perdues dans l'univers. Je résiste au délire anxiogéno-mystique de l'infiniment petit et de l'infiniment grand.

Sur ma ligne, plus de pauvreté ni de richesse. Je suis entier, vivant. Émir du pétrole et de toutes les énergies de l'univers.

Je suis Leonardo à la proue du *Titanic*. Pas d'inquiétude, la comparaison avec le paquebot légendaire s'arrête là : je sais

très bien que je ne suis pas au pôle
Nord, et je n'ai pas la moindre intention
de me taper un iceberg dans les minutes
qui viennent. Je me tiens simplement bras
en croix, à l'avant du navire, comme
dans le film.
Enfin non, pas tout à fait. Pas question
que je me tape la soupasse criarde,
dégoulinante et mièvre de Céline Dion.
Je flotte dans les airs, tout en haut
du bâtiment, mais sans la BO du film.
À la place, je mettrais plutôt un truc bien
planant, genre électro-spatial, à la Air,
ou à la Tricky.
En tout cas, j'ai les bras en croix, j'ai
envoyé valdinguer la couronne d'épines
qui ensanglante les crânes, je suis jeune,
beau et séduisant, je suis le roi du monde,
et je tiens toutes les Kate Winslet
de la planète dans mes bras, contre

mon torse affûté et gracile. Quand je poserai le pied sur la Fugue, si j'y arrive, pas de doute que je pourrai les avoir toutes.

Pardon ?! Sans doute est-ce l'ivresse des sommets qui altère ton activité neuronale…
Quelle Kate Winslet ? "Les avoir toutes" : qui ça, toutes ?
Dois-je te rappeler que les filles qui s'approchent à moins d'un mètre de toi, tu les fuis comme des pustules pestilentielles buboniques ?
Quant aux autres, inutile de les mentionner, tu ne les remarques même pas…
Tu passes ton temps sur ton fil ou à rêver d'y grimper. Tu ne fais rien d'autre qu'imaginer où tu pourrais le poser,

et t'entraîner à passer des figures toujours
plus compliquées, plus dangereuses,
plus grisantes. Tu te lèves fil, tu penses fil,
tu respires fil, tu manges fil, tu dors fil.
Mouss, au moins, il a autre chose
dans sa vie : ses frères et sœurs, la belle
Emma, Fouad et sa bande.
Mais toi…

Un merle vient de se poser pile au niveau
du raccord entre les deux *slacklines*,
sur le nœud de sangle. S'il se dénoue
ou s'il craque, ce nœud...
Chaque pas me rapproche de lui.
Pourtant, il ne s'envole pas. Il me fixe
de ses yeux ronds cerclés de jaune – ronds
à un point que je n'avais jamais remarqué.
L'Idée du Cercle parfait.
Trois mètres à peine nous séparent,
et il ne bronche pas.
Il faut croire que je ne ressemble pas
aux humains qu'il croise sur les trottoirs.
Forme extérieure en tous points similaire
néanmoins – deux bras deux jambes
un tronc une tête, taille normale de mâle

adulte, un mètre quatre-vingt-cinq,
corpulence fine et solide à la fois, baraqué
sans être bodybuildé, bref, sans me vanter,
plutôt sexy – *qu'est-ce qu'il en a à faire*
de tout ça, l'oiseau ?
Je reprends : physique proche de celui
des autres humains, mais apparemment
pas les mêmes vibrations qu'eux.
Pas le même cerveau, surtout. Pas la même
façon de voir, de sentir.
Le merle continue à m'observer,
légèrement intrigué tout de même,
et se met à siffler – harpe des anges,
mélodie d'Éden.
Je voudrais connaître son langage. Pouvoir
lui demander s'il se pose la question
du passé et du futur, s'il se soucie
de son âge. S'il songe à la mort, parfois.
Ou à l'amour. S'il sait où se trouvent
ses parents…

Pas ça.
Tu sais que tu ne dois pas aller par là.

Je voudrais rester tout près de lui.
Me dissoudre dans le paysage. Demeurer
toujours ainsi, en apesanteur, baron
perché au milieu des oiseaux.
Je voudrais le suivre dans les nuages,
me laisser porter par le courant et piquer
soudain du nez en chute libre,
droit en dessous de moi. Je me griserais
de la vitesse, me rirais du vertige
et de la peur.
Je voudrais avoir sa légèreté,
son insouciance, me laisser choir comme
une pierre insensible, toujours plus lourd
et plus rapide au fur et à mesure
de ma chute, puis redresser la barre
au dernier moment et retrouver le cap
du soleil.

Je voudrais *looper* sans carcasse d'avion, sans squelette d'acier, de titane ou de fibre de verre. Plonger nu dans l'espace, aigle royal, condor traçant sur sa proie.
Je voudrais pouvoir regarder chaque être de la même manière que ce merle m'observe, avec une curiosité distante.
Je voudrais être capable d'exister, comme lui, dans l'instant. Sauter dans le vide sans me préoccuper d'avoir mal.

Ici, dans les airs, à cent mètres au-dessus du sol, loin de la foule et de tout être humain, c'est le seul endroit où je ne me sens pas seul. Le seul endroit où je ne crains plus rien.
Je suis habité par toutes les existences que je pressens en dessous de moi.
Empli de leurs énergies magnétiques.

Je suis le héraut de leur folie, de leur liberté, de leurs passions. Je suis plein de la sensation sublime de respirer, d'exister, de m'approcher de l'absolu. Je suis si bien que je voudrais que tout s'arrête, que le temps n'avance plus, que le soleil suspende sa course, ou bien explose en nous engloutissant tous d'un coup. Brutalement. Dans un gigantesque éblouissement final.
Je suis si bien que je ne veux plus redescendre.
Si bien que je pourrais mourir.

Le merle s'envole. Il semble m'inviter
à en faire autant. Je ne suis pas certain
d'arriver à lui résister.
Qu'est-ce qui me retient de ne pas plonger
à sa suite ?
Une simple impulsion, et je pourrais
laisser derrière moi souffrances,
manques et humiliations.
Ne plus subir l'ennui, la pesanteur,
la crasse et la puanteur.
Un tout petit pas de côté, une infime
bascule du poids du corps,
et je pourrais ne jamais plus déranger
personne, ne jamais plus me sentir
de trop.

Combien de fois ai-je imaginé cette chute… Le vent qui fouette mon visage, mon corps rebondissant sur les trous d'air, tournoyant sur lui-même, essoré par l'espace…
Tout irait très vite. Quelques secondes à peine. Juste le temps de réaliser que cette fois-ci c'est pour de bon, qu'il fait soudain très noir, ou très rouge, ou bien peut-être très blanc, et que je ne me réveillerai jamais plus de cette pureté transcendante.

Si je plonge, Mouss ne devinera jamais que ce n'est pas un accident. Il croira à une bourrasque, une crampe, une erreur de poids du corps – à tout sauf au fait que j'ai basculé dans le vide pour ne plus me demander à quoi bon être venu au monde. Pour ne plus me réveiller chaque nuit en sueur, les draps humides,

le T-shirt plaqué contre la peau, l'angoisse me transperçant les tripes. Pour ne plus devoir me convaincre que cette femme hirsute qui me poursuit dans des souterrains pour me décapiter n'existe pas.
Pour ne plus attendre, frissonnant au contact de l'air frais, que le cauchemar vampire se désintègre aux premières lueurs de l'aube, et que les orbites béantes de la femme, fosses à serpents, s'atomisent, laissant toutefois en moi une turbulence indéfinie, une perturbation dépressionnaire, une traînée de bave d'escargot – muscles fourbus, bouche pâteuse, boule de billard au fond de l'estomac.

Non, tu ne vas pas suivre ce merle.
Non ?
Tu ne vas pas détourner la tête
de ton objectif, ni te laisser distraire.

Tu vas rester concentré sur l'extrémité de ton fil. Tu t'es toujours battu, ça ne va pas changer.
Ton nom ne sera pas associé à celui d'un accident. Tu ne laisseras pas derrière toi le seul souvenir d'un échec.

Je fixe la Fugue. Son toit de béton
blanchâtre, son antenne, son allure
découpée, collage étrange de matériaux,
de formes et de couleurs – tuyaux d'orgue
blancs, ocres, beiges, rose saumon,
gris clair, gris foncé, marron.
Je fais un pas un peu plus grand
que d'habitude pour ne pas poser
le pied sur le nœud central de la *slack*
et éviter de peser sur la jointure entre
les sangles.
Je me tiens très exactement à l'endroit
le plus dangereux de la traversée :
sur la flèche, où la ligne est la plus
détendue et la plus mobile, la répercussion
des mouvements et l'effet serpent

les plus violents, la pression sur les points d'ancrage la plus forte. En plus, juste là, on a fait un nœud. Cinquante pour cent des ruptures de corde se font au niveau des nœuds.

J'ai monté cette traversée comme un abruti. Mouss n'y est pour rien. C'est moi qui ai insisté pour prendre ces risques absurdes. Insisté pour qu'on ignore les menaces et qu'on se moque des normes de sécurité. Quelle sécurité, quand de toute façon on s'élance sur un bout de tissu de deux centimètres et demi de large, sans *leash*, à cent mètres du sol ?
Je voulais croire à ma bonne étoile, mettre ma chance à l'épreuve.
Je voulais me convaincre qu'on n'était pas comme les petits privilégiés élevés

nourris aux garanties. Qu'on était
plus nobles : des princes des airs.
J'aimais surtout voir l'admiration au fond
des yeux de Mouss quand il me regardait
m'enfoncer toujours plus profond
dans le danger.
On a donc installé ce fil comme
des crétins, passant, grands seigneurs,
au-dessus de toutes les consignes
connues de n'importe quel débutant.
Liste gigantesque de ce qu'on n'a pas fait,
pas mis en place, pas fixé. Liste qui,
à présent, me fait frémir jusqu'aux racines
les plus reculées de ma moelle.
Pas de deuxième corde scotchée sous
la *slackline* principale pour assurer en cas
de rupture de la première.
Un double solo, pour ainsi dire : pas
de *back-up* pour sécuriser la ligne, et pas
de corde pour m'y retenir.

Ma vie dépendant d’un seul
et unique fil.
Quant à l’ancrage… Côté arrivée, plutôt
OK : deux *spits* fixés au sommet
de la Fugue, reliés par une élingue. Côté
départ, une vraie cata. Pas de bastaing
coincé derrière la fenêtre ouverte
de la chambre de Mouss. On n’a
pas trouvé de poutre assez large pour faire
l’affaire, alors on a attaché la sangle
directement au balcon. À la rambarde
du balcon… Je ne sais pas ce qu’on aurait
pu faire de pire.

Pourtant, ça y est, j’ai dépassé la moitié.
À présent, tout retour en arrière serait
plus long que de poursuivre
droit devant.
Peut-être un jour me dirai-je cela aussi
de ma vie : j’aurai fait le plus gros, donc

autant continuer. Et je serai de plus
en plus impatient et de plus en plus inquiet
de voir le trajet s'achever.

Six pas parcourus depuis le milieu :
plus que vingt-trois mètres.
Je commence à apercevoir les détails
de la Fugue, les garde-fous des balcons
et les plantes qui les ornent, par-ci par-là
– géraniums, bruyères, lierres, bambous.
J'ai toujours aimé les bambous
et les yuccas, et certaines plantes grasses
dont les feuilles poussent de l'intérieur
du tronc et le constituent progressivement,
en un mouvement lent et continu, invisible
et pourtant incessant.
J'ai dû être asiatique dans une vie
antérieure. Ou chat. Peut-être un chat
asiatique.
Arrête tes conneries.

Plus que vingt-deux mètres.
Le soleil se cache.
Il fait plus frais.
J'aperçois, plantée dans une jardinière de pensées, une éolienne aux feuilles de plastique brillantes et criardes – rouge, jaune, bleu, vert.
Ce doit être l'appartement d'une famille avec un enfant. Deux, peut-être, mais pas plus : la mère a encore le temps de s'occuper du balcon. Un fils aîné, et une petite fille qui vient tout juste d'apprendre à marcher. La routine n'a pas encore détruit son couple.
À moins qu'elle ne vienne de divorcer et de s'installer seule avec ses gamins.
Un logement social. Oui, plutôt ça.
Les années, la solitude et l'aigreur n'ont pas encore anéanti son désir de vivre dans un lieu soigné, et d'oublier

la peinture qui s'écaille dans la cage d'escalier plongée dans le noir deux fois sur trois, ou la saleté repoussante du local à poubelles...

Vingt mètres.
Une brise caresse mon visage échauffé.
C'est agréable.
Dans le coin droit du balcon, je distingue à présent un vélo. Roues épaisses et crantées, cadre rouge vif, selle jaune.
Pas de doute, un petit garçon vit là. Il doit avoir cinq ou six ans. L'âge des manèges et des pêches aux canards. L'âge où l'on rêve de se déguiser en Indien ou en tortue Ninja.
L'âge où j'ai commencé à comprendre que je n'aurais jamais ni les vacances à la campagne chez les grands-parents, ni les arbres de Noël avec les décorations

que l'on retrouve d'année en année, ni les chasses aux œufs de Pâques, ni une chambre à moi où je pourrais toujours revenir, ni des gens qui seraient là pour moi, quoi que je fasse. Des gens qui auraient peur pour moi, qui ne respireraient plus de me savoir perché sur un fil à cent mètres au-dessus du vide, dans un duel de chaque seconde avec la mort.

Serais-je monté sur ce fil si j'avais eu tout cela ?

Si tu danses, c'est que tu es déjà de l'autre côté. Une espèce de zombie, de mort-vivant en sursis. "La Mort n'est pas celle qui suivra ta chute, mais celle qui précède ton apparition sur le fil. Celui qui dansera sera mort – décidé à toutes les beautés, capable de toutes[1]*."*

1. Jean Genet, *Le Funambule* © Éditions Gallimard.

Plus que quinze mètres.
Encore quinze mètres.
Je commence à fatiguer.
Encore cinq minutes à me battre
pour éloigner la pensée du vide
et à m'efforcer de résister à la tentation
du néant, et mon cerveau implose.
Il faut que je me relâche, que je revienne
à l'essentiel, que je rentre dans mon corps.
Inspire, expire, détends les bras. Talon,
déroulement de la voûte plantaire, ancrage
des orteils, rééquilibrage par les bras,
bascule du poids du corps vers l'avant
– le ciel noircit.
Vraiment.
Je croyais que c'était une illusion,
que mes yeux faiblissaient à force
de fixer toujours le même point.
Non. Le ciel s'assombrit réellement.
La luminosité baisse même de manière

vertigineuse. Les nuages s'amoncellent, toujours plus nombreux, avec une rapidité déconcertante. Un couvercle d'acier géant se pose sur la capitale.
Le vent souffle de plus en plus fort.
La brise qui, tout à l'heure, me rafraîchissait, a forci. Je commence à avoir froid. Si le vent ne tombe pas, ma sueur se glacera.
Plus qu'un tiers du parcours. Ne tarde pas…

Le fil bringuebale de plus en plus.
Je n'arrive plus à avancer de manière régulière. Ma démarche devient hachée, mes muscles perdent en fluidité, mes bras s'agitent comme des ailes de mouche.
Je déteste ça. En plus, c'est très moche.
De quoi aurai-je l'air sur la vidéo de Mouss ?

Tu crois que c'est le moment
de te préoccuper de ton image ?!
Je ralentis. Je ne suis plus comme tout à l'heure, automate sur mon fil, à évoluer sans me poser de question, rouleau compresseur avançant droit devant lui, un pied tranquillement après l'autre.
Je dois composer avec le vent et ses sautes d'humeur, compenser son souffle contre mon corps. Il n'y a rien de plus traître que ses revirements de feu follet. On s'habitue à une puissance contre soi, on s'y oppose, et paf, baisse radicale de régime, le vent tombe brutalement…
Et nous, avec.
Enfin pour l'instant, j'ai de la chance.
J'ai le vent de face. C'est moins dangereux que s'il venait de côté.

J'aurais mieux fait de me taire.
Il m'attaque par la gauche !
Ne te laisse pas démonter. Reste précis, concentré. Plus que jamais, chaque seconde compte.
Le fil s'agite, toujours plus violent, toujours plus incontrôlé.
Je n'ose plus bouger.
Ne t'arrête pas ! Il ne faut surtout pas que tu te paralyses. C'est bien plus dur de rester immobile, à quêter l'équilibre à coups de moulinets de bras que d'être en mouvement...
Les attaches des sangles crissent dans la tornade. Et si elles ne résistent pas à l'agitation ? Si elles cèdent à la pression et craquent sous le déchaînement du vent ?
Poulies, bananas, *spits*, *spansets*, élingues, mousquetons... ne me lâchez pas, s'il vous

plaît, tenez le choc. Je vous en prie, je vous
en conjure, ma vie ne tient qu'à vous.

D'habitude, on fait nos installations
de jour. Là, tout a eu lieu dans l'épaisseur
d'une nuit sans lune.
On a tout accompli en silence, ballet
bien huilé, manège cent fois répété
dans nos têtes, ressassé jusqu'à la nausée
au cours de ces derniers jours
sans sommeil.
S'introduire dans la Fugue, monter
au trente-deuxième et dernier étage,
faire jouer la trappe qui donne accès
au toit et grimper tout en haut.
Forer le béton, y fixer nos *spits*, puis
mousquetons, *spanset*, re-mousquetons,
banana dans lequel faire coulisser les deux
slacklines de vingt-cinq mètres unies
par le nœud de sangle, et reliées

à une corde de cinquante mètres
pour compléter la distance au sol.
Faire glisser le tout du toit jusqu'à
terre. Gagner Prélude en espérant
que personne ne découvre la lanière
qui pend sur toute la hauteur de la Fugue.
Grimper à pied au trente-quatrième
étage (ascenseur comme d'habitude
en panne), s'introduire à pas de loups
dans l'appartement endormi de Mouss,
se faufiler sur le balcon de sa chambre,
accrocher à la rambarde une corde de cent
mètres de long et la dérouler jusqu'au
sol. Redescendre. Attraper les deux bouts
ballants qui pendent des tours jumelles,
les assembler solidement, remonter chez
Mouss et tirer sur la corde, tirer et
tirer encore, jusqu'à récupérer l'extrémité
de la *slackline*, la tendre grâce aux doubles
poulies et, enfin, la fixer définitivement.

L'opération s'est déroulée sans encombre, miraculeusement. Personne pour remarquer nos allées et venues. Aucun obstacle dans lequel nos lignes se soient emberlificotées.
Mais peut-être a-t-on laissé passer quelque chose. Un détail, une broutille, trois fois rien – un mousqueton mal enclenché, un piton mal ferré, un nœud mal effectué.

Avec le vent qui tempête, la moindre erreur, et je peux dire adieu à…
Bascule ton poids du corps vers l'avant, décolle le pied gauche !
Je n'y arrive pas. Impossible de me mettre en équilibre sur une jambe. Le fil bouge beaucoup trop…
Ne t'arrête pas !
Les nuages noircissent de seconde en seconde, il va pleuvoir.

Magne-toi !

J'ai peur.

Je suis frigorifié. Mon dos est transi de sueur refroidie. Mon cou aussi. Et mon torse. Sans parler de mes pieds, je ne sens plus mes orteils.

Pense, bon Dieu, au lieu de te plaindre.

Ne reste pas planté là à attendre que Spiderman vienne te sauver !

Fais comme les vieux, glisse tes pieds.

Avance le droit de quelques centimètres, et regroupe le gauche contre le droit.

C'est ça. Recommence : avance le droit, rapproche le gauche.

Il va te falloir beaucoup plus de temps pour parcourir un mètre mais, au moins, tu bouges. Au moins, tu grignotes chaque seconde un peu plus de traversée.

Ma respiration est hachée, haletante.
C'est mauvais, très mauvais.
J'ai envie de vomir tellement ça bouge…
Je préfère encore être à ma place qu'à celle de Mouss. Je serais devenu fou de le voir affronter ça sans pouvoir rien faire, tranquillement posé sur mon balcon, à continuer bêtement de filmer son cauchemar.
Si seulement on avait utilisé du bon matériel…
On a pris de la gnognote, du matos pourri, traficoté, rafistolé. Du matos bas de gamme, du matos de nases, du matos de pauvres.
On n'avait même pas de quoi s'acheter une *highline* de cinquante mètres,

en un morceau, un truc décent, quoi.
Du bricolage, voilà ce qu'on a fait.
Du boulot d'amateurs pour s'élancer
à cent mètres du sol. De l'inconscience
pure. Un aller simple, sans escale,
pour le suicide !
Aucun bureau des réclamations vers qui te
tourner. Aucune main courante à déposer.
C'est toi qui as insisté pour le faire.
Toi et personne d'autre.
Pourquoi n'ai-je pas écouté Mouss ?
Il disait que c'était trop dangereux
de rabouter deux sangles de vingt-
cinq mètres. Que ça pouvait passer
pour s'entraîner, à faible hauteur,
mais que pour se mouvoir si haut,
c'était de la folie pure.
Il disait qu'il voulait bien faire
cette traversée des orgues de Flandre,
que c'était une très bonne idée,

que ça avait la classe, qu'on deviendrait
le mythe du quartier, mais seulement
quand on aurait assez économisé
pour se payer une vraie ligne de compète,
avec des accroches de pro.
Moi, impatient, tête brûlée, moi, petit con,
je me suis acharné, j'ai tapé du pied, joué
les durs. Je ne voulais pas de son discours
raisonnable, de son choix sage. Il était
exclu que je cède à la prudence,
que je suive la ligne de la modération.
La sécurité, c'était bon pour les autres
– les mecs propres sur eux, cheveux coupés
net, plaqués par le gel, chemises impec,
chaussettes jamais trouées, qui jamais
n'oseraient partir en voyage sans avoir
réservé leur chambre d'hôtel. La sécurité,
c'était bon pour les banques, les hommes
politiques ou les agents immobiliers,
pour ceux qui voulaient chaque année

prendre leurs vacances du 15 juillet
au 15 août, chaque année au même endroit,
chaque année bloqués dans les mêmes
embouteillages de la même autoroute
des vacances.
J'ai fait quelques tests avec le matériel
qu'on avait, des kits de base un peu
améliorés par des pièces fauchées ici ou là,
et j'ai foncé.
Je refusais que la pauvreté nous freine,
que l'argent devienne aussi le maître
de nos rêves. Il n'en était pas question.
Pas question qu'il ait une place en l'air.
Pas question qu'il règne sur le fil.
Mes jambes tremblent. Pourquoi m'être
entêté à traverser cinquante mètres ?
J'aurais pu au moins écouter
Mouss pour ça. Il proposait qu'on pose
notre fil entre les deux orgues de Flandre
les plus rapprochées. Et moi, je pestais :

"Vingt-cinq mètres, c'est nase ! À peine
le temps de commencer qu'on sera déjà
de l'autre côté !"
Orgueil de petit con. Inconscience
de petit con.
Ennui de petit con.

Un hurlement terrifiant zèbre le silence
du petit matin, explose et se répercute
contre les murs de la cité.
Hurlement strident de femme,
la quarantaine, voix grave et rauque,
à une dizaine de mètres de moi.
Je sursaute, vacille, réussis à retrouver
l'équilibre.
Le cri s'interrompt le temps
que la femme reprenne son souffle,
et se déploie à nouveau, tétanisant
d'intensité – hurlement d'animal blessé
ou que l'on s'apprête à égorger.

Je la localise. Impossible de la rater. Elle se tient sur un balcon, à l'avant-dernier étage de la Fugue, emmitouflée dans une robe de chambre jaune, quelque chose à la main, une tasse probablement. Elle doit être sortie fumer sa première cigarette de la journée, café clope au saut du lit. Elle hurle en me désignant du doigt. Un homme la rejoint en trombe, entortillé dans une serviette de toilette, panique affleurante. Il regarde dans ma direction, se cabre, se fige. Va-t-il vagir lui aussi ?

Reprends ta ligne, regarde droit devant, ne te laisse pas happer par eux. Qu'ils hurlent, ce n'est pas ton problème. Qu'ils alertent les voisins, non plus. Que peuvent-ils contre toi ?
Et s'ils appellent les flics ?
Eh ben ils appelleront les flics.

Il se met à pleuvoir.
Je t'en prie, concentre-toi.
Pas des petites gouttelettes fines
et espacées ; pas la bruine discrète
de bord de mer une douce après-midi
de printemps. De vraies grosses gouttes
épaisses et grasses, de plus en plus rapides,
de plus en plus drues. Vu la couleur
du ciel, la tendance ne risque
pas de s'inverser.

Une catastrophe.

Les hurlements ont cessé. Du moins,
le vacarme du ciel les a-t-il couverts.
Sont-ils encore sur le balcon ? La pluie
brouille ma vision et me déséquilibre.
La sangle devient terriblement glissante.
Mes pieds détrempés n'osent plus se poser
nulle part, j'ai peur de déraper, je n'ai
plus de repères.

L'eau s'insinue dans mes vêtements
qui se plaquent contre ma peau,
alourdissant mes bras, mes cuisses,
m'empêchant d'avancer.
Mes cheveux, éponges
gorgées, n'absorbent plus rien.
Mes boucles s'affaissent, s'allongent,
me rentrent dans les yeux. Des mèches
me chatouillent, m'aveuglent, je ne peux
pas m'en dégager, j'ai trop besoin de mes
bras pour compenser les aléas du fil,
je n'y vois plus rien…

Sept mètres. Tu dois tenir.
Sept mètres, ce n'est rien. Un septième
de la traversée, une vingtaine de pas.
Je n'arrive plus à avancer.
Je me plie en deux, essaie de donner
le moins de prise possible au vent.
En vain.

Les rafales me fouettent,
les bourrasques m'emportent,
j'ai mal aux jambes, des crampes,
les muscles de mes bras brûlent, la pluie
me balafre le visage,
je ne peux plus tenir les yeux ouverts,
au secours
oh mon Dieu, je ne vais pas y arriver
à l'aide
par pitié
je vais mourir
– AAAHHH !!!

Mon corps bascule
cette fois je ne pourrai pas
me rattraper je tombe
Agrippe-toi ! Vise la ligne !
– AHHH ! PUTAIN ! AU SECOURS !!!
Arrête de crier ça sert à rien garde
tes forces surtout lâche pas

Mon corps balance dans le vide
je ne me tiens plus que par les doigts
je ne vais pas pouvoir résister longtemps
je vais lâcher mes mains sont glacées
trempées
Je suis seul comme un con et je vais
mourir là maintenant dans quelques
secondes
tout seul et jeune
Une vie gâchée une vie pour rien
Garde ton sang-froid ne panique
pas maîtrise-toi
Respire
– AHHH !!!
Mon corps se balance à cent mètres
au-dessus du sol
Mon corps qui dans quelques
instants ne sera plus que de la charpie
Mon corps explosé par terre
contre le bitume organes déversés

contre le béton sale et triste des orgues
de Flandre
Mon corps de pauvre type éclaté
ensanglanté défiguré
de la bouillie des viscères des boyaux
des bouts de cervelle
– NOOONNN !!!

Pas ça je ne veux pas je vous en prie
si seulement ça pouvait s'arrêter
si ça pouvait être un cauchemar
que je me réveille dans le lit de mon foyer
ce lit que je croyais détester que je voulais
fuir ce lit soudain havre cocon nid
mon lit
Vivre
Je voudrais vivre encore respirer manger rire
avec Mouss et embrasser une fille n'importe
quelle fille la première venue et la serrer
dans mes bras et la caresser et l'aimer

Mes mains se crispent je n'ai aucune prise
avec la pluie ça glisse
Il y aura la chute
quelques secondes à peine
poids lourd et inerte
mû par sa gravité
"L'accélération produite est
proportionnelle à la force"
Et puis ma mort dans le journal une brève
je ne serai jamais qu'une brève
Si j'avais traversé jusqu'au bout j'aurais
peut-être eu ma photo dans le journal
Avec une photo peut-être qu'Elle m'aurait
reconnu et peut-être qu'Elle aurait été fière
Oui Elle aurait été fière Elle serait revenue
vers moi c'est sûr Elle m'aurait retrouvé
m'aurait pris dans Ses bras en pleurant
m'aurait expliqué pourquoi Elle était
partie pourquoi Elle m'avait laissé tomber
pourquoi Elle m'avait abandonné

J'étais débile tout à l'heure avec ce merle
Réflexion de petit con de croire que j'allais
sauter derrière lui que je voulais le suivre
dans les nuages que j'étais tellement
heureux que j'aurais pu en finir
Suicide putain de truc de luxe
Luxe de ceux qui peuvent décider
De ceux qui ne sont pas vraiment
en danger comme dans les maladies
graves maladies vraiment graves longue
durée maladies massues dont on ne guérit
pas maladies épées de Damoclès
Dans les camps les gens ne se suicidaient
pas les gens survivaient luttaient
comme des tarés pour continuer à vivre
chaque jour chaque heure
chaque matin ils se battaient toujours
un peu plus pour résister
un peu plus longtemps
pour ne pas céder

On peut appeler ça comme on veut fierté
instinct de survie dans les camps les gens
ne se suicidaient pas
Ils se sont suicidés au retour

Le vide partout en dessous au-dessus
autour de moi
Abyssal
Et mon corps qui s'agite à cent mètres
du sol micro poussière ridicule pitoyable
On dirait que la pluie faiblit
Je voudrais La revoir Lui parler
comprendre
Au moins une fois
Même si après plus jamais rien *Ciao*
chacun sa vie pour toujours et à jamais
Promis je ne La collerais pas
Mais au moins une fois
L'avoir face à moi
Elle et moi tous les deux réunis

Respirer le même air qu'Elle
incarner Ses traits Sa taille Son parfum
la couleur de Ses cheveux lire la carte
de Son visage y deviner Sa douleur Ses joies
pouvoir me La représenter
Pouvoir L'oublier

Une brèche dans la tempête, vent
plus calme, ciel moins noir, pluie
plus timide.
J'ignore ce qui décide en moi, quelle part
de mon cerveau prend les commandes
malgré moi, sans moi, pour moi, je sens
mon corps basculer d'avant en arrière,
mes jambes prendre leur élan, se projeter
vers le haut, demi-tour arrière, je pivote
brièvement la tête en bas, puis de nouveau
droit, vertical, bras tendus de part
et d'autre de mon bassin, en appui
sur le fil.

J'ai le souffle coupé mais je ne suis
plus suspendu dans le vide avec tout
le poids de mon corps reposant
sur mes seules phalanges tétanisées.
J'attends que les secousses de la sangle
se calment après le gros mouvement
que je viens de lui imprimer.
J'attends, sans bouger, que mon cœur
s'apaise, que ma respiration reprenne
de l'ampleur et se cale à nouveau
dans le fin fond de mon ventre.
Autour de moi. Les éléments se rassérènent.
Les nuages les plus sombres se dissolvent
au-dessus de la capitale qui s'éveille.

Le long de mes joues, des larmes se mêlent
à ma sueur et à la pluie qui ruisselle
de mes cheveux.
Larmes de soulagement, de gratitude
de faire toujours partie de ce monde.

Larmes de bonheur d'être encore en vie
alors que je pourrais être écrabouillé
cent mètres plus bas.
Bonheur indicible de sentir l'air passer
dans mes poumons – narines, trachée,
poumons, bronches et bronchioles,
et retour, *idem* en sens inverse.
Bonheur de sentir mon sang circuler
et mes muscles se détendre petit à petit.
Je suis vivant. J'ai une chance de terminer
ma traversée.
Une chance de pouvoir fouiller
dans mon dossier, de poser des questions
sur ce que j'ai toujours refusé
de demander. Son prénom, Son âge,
Son origine. Peut-être même un numéro
de téléphone, une adresse ?
Je le ferai, c'est sûr, je L'appellerai,
ou plutôt j'irai La trouver.
Et si Elle était morte ?

Impossible.
Elle vit, Elle doit vivre,
Elle ne peut pas me faire ça.

Je m'allonge sur le fil, la sangle au milieu du crâne, le long de la colonne vertébrale, une jambe dans le vide, l'autre étendue sur le fil, cuisse, mollet, léger crochet de la cheville, bras pendants de part et d'autre.

Je me posterai en bas de chez Elle,
L'observerai d'abord de loin, testerai
le bon moment pour me montrer.
Peut-être a-t-Elle des enfants maintenant,
trois ou quatre, plus ceux de Son copain
– Son mari ?
Elle habite dans un pavillon de banlieue,
jardinet avec fleurettes, voiture familiale,
climatisation toit ouvrant, une occasion
en or sur leboncoin, "tu comprends

avec les enfants le chat les courses et
les valises c'est quand même plus pratique".
À moins qu'Elle ne vive dans la rue,
pas d'adresse, pas d'amis, plus beaucoup
de dents, cheveux rares, yeux vitreux,
doigts gercés, rides creusées, plus d'espoir.
Ou à l'étranger – faux passeport,
nom d'emprunt, brouillage des traces,
l'Argentine, l'Asie, les steppes de Sibérie,
Cuba, genre *adios*, moi je trace ma route
hasta la vista.
À la montagne l'hiver, à la mer l'été,
jamais été capable de se poser
pas de raison que ça change, pendule
heureuse, serveuse, monitrice de ski
et de planche à voile, masseuse.
Chauffeur routier, ministre des Affaires
étrangères, esthéticienne, électricienne,
pute, prof à la fac, conductrice
de métro, contorsionniste, porte-parole

du gouvernement, médecin dans
une ONG, psychanalyste...

Je m'assieds sur le fil, place un pied
devant moi, l'autre sous les fesses, bascule
le poids du corps en avant et me redresse.
Ça y est, je suis debout.
Direction la Fugue.
Le vent continue de souffler, la pluie
de tomber, mais je tiens.
Face à moi, le toit de la tour n'est
plus vide. À l'extrémité de mon fil,
des gens se sont amassés – un petit groupe.
Ils doivent être cinq ou six, en uniforme.
Six, c'est ça. Des flics ?
Non.
Des pompiers apparemment, cinq garçons
et une fille.
C'est elle qui vient vers moi. Je la vois
qui s'approche du bord.

Je l'entends qui me parle, timbre ferme
et doux, elle n'est pas vieille, vingt-cinq ans
tout au plus. Si elle panique,
elle ne le montre pas. Voix posée,
qui ne tressaute pas. Sacré cran.
Elle me propose de m'aider, de me lancer
une corde.
Je ne réponds pas. Sous mes pieds,
la sangle dégorge et glisse ; je résiste.
J'ai retrouvé mon aplomb.

Je me sens propre, neuf, lavé de toute
crainte. Purifié du passé et du futur.
La jeune fille est auburn – chevelure
ondulée probablement, même si tout
est bien plaqué dans son chignon épais.
Crinière flamboyante qui doit contraster
avec sa peau pâle. Carnation fine,
quelques taches de rousseur sur les joues,
peut-être sur les épaules.

Des grains de beauté aussi,
certainement.
Je ne la quitte pas des yeux. Mon repère,
mon point d'arrivée.
– On peut vous faire passer une corde !
articule-t-elle sans forcer non plus.
Ça me plaît, cette assurance veloutée.
Le vent a cessé de tournoyer. La pluie
ne m'aveugle plus, je reprends mon rythme
du début. Un pied devant l'autre.
Si on doute de soi, on tombe, mais si
on est trop sûr, on tombe aussi.
Il faut juste penser au présent.
Oublier le pas précédent et ne pas songer
au suivant.
Calmer le cerveau. Le flux de mes pensées.
Inspirer, expirer.

Je m'accroche au visage de cette fille
qui se précise à chaque seconde. Nez

légèrement en trompette, bouche fine et bien dessinée, pommettes saillantes, sourcils déterminés, yeux clairs, sans doute gris-vert, avec peut-être des points ocres disséminés autour de l'iris.
Elle me comprend, ne bronche pas, ne me lâche pas des yeux, ne tremble pas.
Je distingue ses collègues – eux, sur le qui-vive, fébriles, agités, trop agités, prêts à dérouler leur corde au moindre signal.

Je n'ai pas besoin de leur corde.
Je n'ai pas besoin d'eux.

Ma corde, c'est cette inconnue, ses yeux soyeux qui m'aimantent, ma certitude de vouloir vivre encore longtemps – assez en tout cas pour l'inviter à boire un verre ce soir, demain, ce week-end.
Ma corde, c'est Mouss que je pourrai bientôt serrer dans mes bras.

C’est ma fierté d’être parvenu jusque-là,
de n’avoir pas sauté à la suite du merle,
de n’avoir pas lâché.
C’est la boîte de Lego que je vais m’offrir.
C’est ma liberté.
C’est la certitude que je La rechercherai
aussi longtemps qu’il faudra, aussi loin
qu’il faudra, mais que je finirai par
La revoir.
Ma mère.

Merci à Anicet Leone pour ses précieux conseils techniques.

Normalienne et agrégée de lettres modernes, CHARLOTTE ERLIH a enseigné les arts du spectacle à l'université de Nanterre, avant de se consacrer à l'écriture et à la réalisation. Elle a cosigné avec Coline Serreau *L'Académie Fratellini – Le cirque de plain-pied* (Actes Sud 2008).
Aux éditions Actes Sud Junior, ses deux premiers romans, *Bacha Posh* (Prix NRP 2013, Prix Sésame 2014 et Prix littéraire et citoyen de la Ligue de l'Enseignement) et *Vingt pieds sous terre* sont publiés dans la collection Roman Ado.

Éditeur : François Martin assisté de Fanny Gauvin
Directeur de création : Kamy Pakdel
 – ISBN 978-2-330-03897-7
Loi 49-956 du 16 juillet 1949 sur les publications destinées à la jeunesse,
Achevé d'imprimer en décembre 2014 par l'Imprimerie Floch
à Mayenne pour le compte des éditions ACTES SUD, Le Méjan,
Place Nina-Berberova, 13200 Arles
Dépôt légal 1re édition : janvier 2015 - N° d'impr. : 87803
Imprimé en France